SIMÓN y el SAUCE LLORÓN

Simón y el sauce llorón

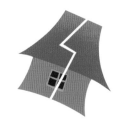

ISBN: 978-607-7481-42-3
1ª edición: 2018

© 2018 *by* Ingrid Coronado y Paulina Vargas
© 2018 de las ilustraciones *by* Vania Lecuona
© 2018 *by* Ediciones Urano, S. A. U.
Aribau, 142 pral. 08036 Barcelona

Ediciones Urano México, S. A. de C. V.
Av. Insurgentes Sur 1722, piso 3, Col. Florida
Ciudad de México, C. P. 01030, México
www.uranitolibros.com
uranitomexico@edicionesurano.com

Edición: Valeria Le Duc
Diseño Gráfico: Joel Dehesa
Ilustración de portada: © Vania Lecuona

Impreso en China - *Printed in China*

INGRID CORONADO Y PAULINA VARGAS

SIMÓN y el SAUCE LLORÓN

ilustrado por Vania Leonora Silva

Uranito

URANITO EDITORES
ARGENTINA - CHILE - COLOMBIA - ESPAÑA
ESTADOS UNIDOS - MÉXICO - PERÚ - URUGUAY - VENEZUELA

Para Emiliano, Luciano y Paolo,
mis más amorosas fuentes de inspiración

—Ingrid Coronado

Para Leonides Simón, Leo y Max

—Paulina Vargas

Simón era un niño muy alegre
que vivía feliz en su casa con sus papás.
A él y a su hermanito, Diego, les gustaba
mucho jugar futbol.

Un día, sus padres le dijeron que
querían hablar con él:
"Simón queremos decirte que mamá
y papá ya no vamos a vivir juntos,
ahora cada quién va a tener su propia
casa. Tú y Diego pasarán algunos
días con uno y unos más con otro.
Pero nosotros dos siempre los vamos
a seguir queriendo muchísimo".

Simón se puso muy triste con la noticia,
él no quería tener dos casas y a sus papás
separados, sólo quería seguir
¡En una sola casa con los dos juntos!

Cuando las personas veían triste a Simón
le decían: "No estés triste".
Cuando lo veían enojado le decían:
"Simón, no te enojes".
Pero nadie entendía que él solo tenía
ganas de llorar, se sentía
apachurrado.

Se preguntaba, "¿por qué mis papás ya no se quieren? ¿Por qué ya no quieren estar juntos? Simón quería vivir feliz con sus papás, como era antes.

Un día estaba afuera de su casa
junto a un árbol. El árbol era grande,
muy alto, con el tronco grueso
y las ramas tan largas, que se doblaban
formando un arco debajo del cual
Simón se sentó y se sintió protegido.
Parecía que el árbol lo abrazaba,
era un Sauce llorón.

De pronto, escuchó una
voz: "Simón, ¿por qué
estás tan triste?"
¡El gran árbol le hablaba!
¡Simón se sorprendió mucho!
Entonces le respondió, "estoy
triste porque nadie me entiende. Los
adultos no quieren que esté triste,
ni tampoco quieren que esté enojado. Tratan
de convencerme que tener dos casas
me debería de dar alegría, pero yo
no quiero dos casas. Me dan regalos,
y yo no quiero regalos.

¡Yo lo que quiero es a mis papás
juntos en mi casa!"

El Sauce le dijo, "tienes toda la razón,
a veces los grandes no entienden algunas
cosas. Pero como tú sí entiendes, te voy
a contar un secreto: Yo soy un árbol
mágico que concede deseos.
Si tú lo que quieres es estar alegre,
yo te lo voy a conceder. Pero primero,
te contaré una historia.

A mí mis amigos árboles tampoco
me entienden, se burlan de mí y me dicen
el Sauce llorón, porque dicen
que lloro mucho.

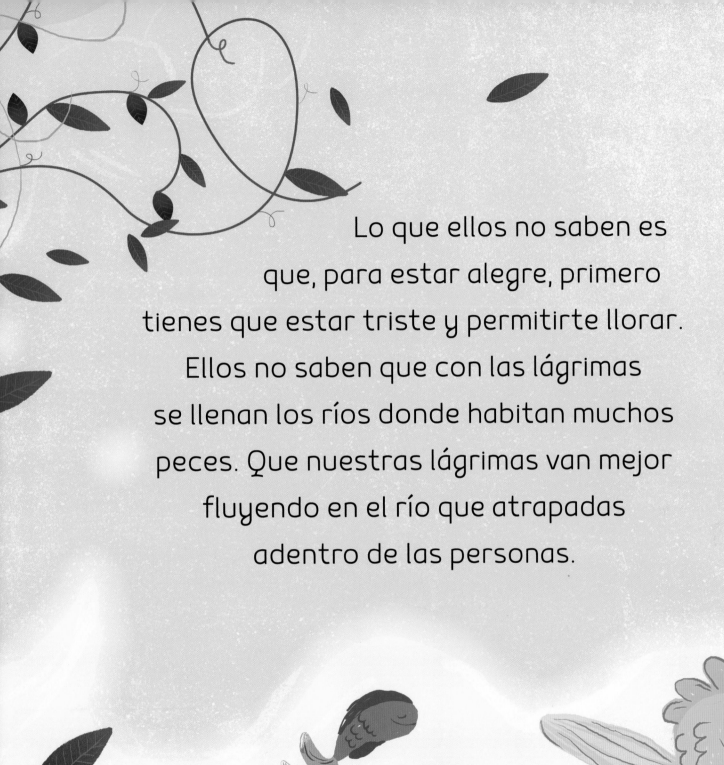

Lo que ellos no saben es
que, para estar alegre, primero
tienes que estar triste y permitirte llorar.
Ellos no saben que con las lágrimas
se llenan los ríos donde habitan muchos
peces. Que nuestras lágrimas van mejor
fluyendo en el río que atrapadas
adentro de las personas.

A veces las lágrimas quieren escapar
y volver al río, pero las personas
no las dejan salir, y por eso están
siempre tristes y enojadas.
Así es que, si estás triste Simón,
¡llora! que tus lágrimas se conviertan
en un río que limpie todo lo que no
te gusta y sólo así podrás sentirte
feliz otra vez".

Simón se recargó en el árbol y lloró
y lloró… y siguió llorando.
Después de un rato, se dio cuenta
que lo que le había dicho el Sauce llorón
era verdad, y se empezó a sentir muy bien,
su cuerpo se sintió más ligero
y le dieron ganas de reír.

Pero Simón seguía sin entender,
¿por qué sus papás aún querían seguir
separados aunque eso los hiciera sentirse
tristes y enojados? Entonces, le dijo a su
mamá, "tengo un amigo que te puede
ayudar a ser feliz otra vez".
Y le contó la historia de cómo el Sauce
llorón lo había ayudado a sentirse
contento y alegre de
nuevo. Le dijo
también que la
llevaría a platicar
con su amigo
el Sauce.

Un día, el Sauce le dijo a
Simón, "me gusta mucho
verte jugar futbol con tu hermano
Diego, así es que, por haber
llorado te voy a conceder
un deseo más, ¿qué
te gustaría tener?"

Simón respondió, "mi
jardín es muy pequeño para
jugar futbol, me gustaría
tener uno más grande. El Sauce
le dijo, "y si además de agrandar
tu jardín, ¿me invitas a vivir en él?"
¡Simón con gusto aceptó!

Al día siguiente, la mamá de Simón
llamó a sus hijos para decirles
que algo mágico había sucedido:
"El Sauce llorón está en nuestro
jardín, ¿cómo se metió?".
La mamá de Simón no tenía duda
de que el árbol amigo de Simón
efectivamente era mágico.

Cuando Simón y Diego salieron,
se dieron cuenta de que su jardín
había crecido y ahora el Sauce llorón
formaba parte de él. Ahora,
el Sauce llorón puede disfrutar
de los partidos de fut,
y Simón y Diego tienen una cancha
más grande y un árbol con quien
pueden llorar cuando están tristes.
Y así fue como todos lograron
abrazar su tristeza y sentirse
realmente felices.

"Simón dice…"

Igual que el juego Simón dice… donde una persona toma el lugar de un director llamado "Simón" y da instrucciones a los demás de lo que tienen que hacer y todos hacen exactamente lo que pidió. En este cuento, Simón sería ese director y dice que:

¡Expreses lo que sientes!

Expresar significa sacar de alguna forma lo que piensas y lo que sientes. Puede ser que dibujes cómo te sientes, que hables con alguna persona con quien te sientas tranquilo y querido o puedes llorar igual que Simón. Tal vez sientas vergüenza de llorar pero te sentirás mucho mejor después y tu tristeza se hace más ligera.

Seguramente hayas escuchado a alguien decir que los hombres no lloran o que los llorones son débiles. Pero la realidad es que se requiere mucho valor para demostrar los sentimientos y debes estar orgulloso cuando logras decir cómo te sientes. Es importante conocer nuestros sentimientos para disfrutar la vida y compartir nuestros momentos difíciles.

Así que recuerda: está bien sentirse triste, está bien estar enojado, está bien pedir ayuda, está bien tener dos casas, está bien abrazar, está bien amarte mucho y está bien querer llorar.

Sabiduría de Sauce

La naturaleza existe en un estado de perfección, y nosotros somos parte de ella. Aprender de la naturaleza puede iniciar en la reconección de uno mismo. Esa plenitud de estar conectado y conciente nos ayuda a percibr con más precisión lo que pasa alrededor. Muchas veces oscilamos entre atender a todos alrededor olvidándonos de nosotros mismos y descuidando a todos para atender nuestras propias necesitades.

Cuando tenemos hijos es difícil encontrar un punto medio así que no debemos culparnos si a veces nos encontramos en algún extremo del péndulo. Lo realmente importante es estar conciente de ello y rectificar. Los niños primero necesitan ver y sentir a sus padres bien con ellos mismos. Esto no significa ocultar cómo nos sentimos, por el contrario, pueden empatizar si nos ven expresando nuestros propios sentimientos. Pero saber que los padres aún en momentos difíciles siguen adelante les da un sentido de tranquilidad y poder a los niños y ellos pueden seguir adelante también.

En esa consciencia paternal, debemos estar al pendiente de los hijos para darles la oportunidad de expresarse. Muchas veces les cuesta trabajo decir lo que piensan o lo que sienten. Y por ningún motivo decir que los hombres no lloran o que llorar es signo de debilidad, puesto que la realidad es que las lágrimas purifican. De la misma manera que en las religiones el agua se usa para purificar, el llanto puede ser un momento de limpieza espitirual. La invitación del Sauce llorón, es que la magia que genera llorar nos ayuda a encontrar mejor nuestro camino. No es el mensaje que todos nos sentemos a llorar, es que aprendamos a conocer nuestros sentimientos, aceptarlos, y ayudar a que los hijos se expresen también.

De esa manera podemos conactarnos con nuestra familia compartiendo los mismos sentimientos y creciendo unidos y fuertes.

Ingrid Coronado

Ingrid ha sido conductora de 10 programas de televisión en los últimos 20 años, es compositora y cantante, algunos temas se encuentran en plataformas digitales. Además es feliz mamá de 3 maravillosos niños: Emiliano, Luciano y Paolo.

Es apasionada estudiante de filosofía, yoga, Kabalah, meditación, Ifa y tantra. Además ha tomado diversos cursos de múltiples disciplinas que la ayudan a conocerse, a amarse, a tener mayor bienestar y a estar en paz.

Actualmente escribe un libro para adultos, a la vez que crea y desarrolla algunos formatos para televisión.

Simón y el Sauce llorón es su primer es su primer obra publicada.

La autora destinará un porcentaje de las ganancias de este libro para apoyar a una fundación que ayuda a niños de escasos recursos.

Agradecimientos
Gracias Paulina por enamorarte de nuestro cuento y darle alas, por tu gran talento y sensibilidad.
Gracias Valeria y Editorial Uranito por darnos la oportunidad de que muchos niños amen la sabiduría del Sauce llorón.
Gracias Vania por embellecerlo y darle vida.
Gracias a mi familia, mis amigos y maestros por ayudarme a creer que los sueños se hacen realidad.

Paulina Vargas

Diseñadora industrial, escritora, poeta y mamá. Realizó sus estudios especializados en Inteligencia Emocional y Cuento-terapia en Barcelona, España. Inició su acercamiento a los libros diseñando libros para niños que fueran arte-objeto dentro de la carrera de Diseño Industrial. Tuvo una tienda de mobiliario para niños y al encontrar limitaciones para fabricar los libros, decidió cerrar la tienda y enfocarse en el libro tradicional. Su primer libro publicado es "Mila la sirena" de Editorial Uranito, con el cual ha dado talleres para manejo de emociones en México y en Barcelona. Actualmente se encuentra escribiendo nuevas historias.

Agradecimientos
Gracias Ingrid por tu confianza, cariño y talento.
Gracias a mis padres y mi hermano por ser la mejor familia
para una sensible que llora como yo.
Gracias a mi esposo Guillermo y mis hijos;
espero ser para ustedes un sabio sauce donde pueden
venir a llorar por tristezas y alegrías.
Gracias a Editorial Urano, a Valeria y todo el equipo.